R

ESSAI

SUR LA NATURE

DE L'AIR, DU VENT,

ET

DU RIDICULE.

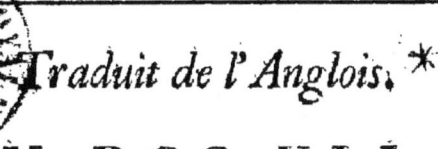

Traduit de l'Anglois. *

M. DCC. XLI.

R

ESSAI

SUR LA NATURE DE L'AIR,

DU VENT, ET DU RIDICULE.

Traduit de l'Anglois.

L'AIR peut être considéré en deux manieres ; ou physiquement ou moralement.

Les Philosophes modernes ont un peu négligé l'un pour mieux s'appliquer à l'autre ; & c'est à leurs doctes recherches que le public est redevable de mille belles expériences, qui ont enfin appris aux hommes que l'Air est un corps fluide prodigieusement élastique, singuliérement éléctrique, & qui a de la pesanteur.

A ij

J'ofe cependant dire ici que fi l'Elafticité eft digne de la curiofité d'un Philofophe, l'Air confideré moralement mérite fon attention, à caufe du rapport qu'il a avec la focieté.

C'eft à lui que tant de fçavans doivent leur reputation & leur confideration, qu'ils devroient bien en parler au moins par reconnoiffance. C'eft par fon pouvoir magique que des mots vuides de fens paffent pour de la fcience, & que fouvent les plus fots paroiffent les plus capables.

Il fert aux hommes à cacher leurs vices & leurs defauts; & en les faifant paroître fouvent meilleurs qu'ils ne font, il leur épargne la honte de paroître tels qu'ils font. Auffi fes utilitez font elles fi bien reconnues, qu'il n'eft point de focietés où l'ufage de l'Air moral ne foit devenu général & abfolument néceffaire; depuis quelque tems fur-tout il faut convenir qu'il a fait des progrès fort extraordinaires. Dans la feule ruë où je demeure, je comptai dernierement trois cens fortes d'Airs différens.

L'Air affairé, l'Air important, l'Air grave, l'Air empezé, l'Air aifé, l'Air du grand monde, les Airs de la bonne-chere, du gros jeu, des équipages, & une infinité d'autres font, autant d'Airs différens qui menent chacun à fon but.

Aucuns d'eux n'a cependant pas la moindre élafticité, à moins que les Philofophes ne vueillent donner ce nom à la proprieté qu'ont ces Airs de s'étendre à l'infini ; ce que je laiffe à décider à Meffieurs de la Societé Royale de Londres. Mon deffein n'eft pas d'aller fur leurs brifées, ni de forger de grands mots dont la fignification douteufe donne la torture aux fçavans ; je demande fimplement la permiffion de donner le nom d'Air Moral à la maffe de tous ces Airs qu'on voit dans la Societé.

Pour juger avec équité des bonnes & des mauvaifes qualités de tous

A iij

ces différens Airs, il faudroit, s'il étoit possible, être conformé de façon à n'en recevoir jamais aucunes impresfions : mais la chose est bien difficile.

Il semble que la Nature, par une loi générale, ait condamné le genre humain à être sur cet article tout ensemble juge & partie ; & l'homme le plus philosophe en adopte toûjours quelqu'un en se défaisant des autres.

C'est de-là vraisemblablement que naît cette diversité de sentimens, d'opinions, de goûts & de jugemens qui regnent parmi les Experts sur le bon & le mauvais Air.

C'est encore à cela, ce me semble, que l'on pourroit attribuer le mépris & l'aversion que quantité de gens resfentent à l'approche de certains Airs, qui leur paroissent ridicules & même desagréables, par l'habitude où ils sont de se servir d'un autre Air qui les fait paroître à leur tour très-desagréables aux autres.

Car il est bon de remarquer une

proprieté commune à tous ces diffé‑
rents Airs, c'eſt de porter à la tête,
& d'aveugler à la longue; accident
qu'on ne guérit que par un change‑
ment d'Air & une impreſſion nou‑
velle.

Il arrive à chacun de nous ce qui
arrive à ces Dames, qui après être
ſorties du Bal, ont encore ſix heures
après des violons dans la tête, ce qui
proviént uniquement de l'impreſſion
de l'Air du Bal ſur les fibres de leur
cerveau : or cette impreſſion ſubſiſte
juſqu'à ce que cet Air du Bal ait fait
place à un nouvel Air.

Je me garderai donc bien de vou‑
loir décider ici ſi un Air eſt meilleur
qu'un autre ; mon deſſein dans cet
Eſſai eſt de n'en parler jamais qu'avec
tous les égards poſſibles, d'autant
plus qu'il y en a pluſieurs dont la So‑
cieté retire des avantages réels.

En effet quand on conſidere avec
un peu d'attention ce qui ſe paſſe
dans le monde, l'on eſt fort tenté de

croire que tous ces différens Airs font les véritables reſſorts des grandes ſocietés.

Ce qui donne lieu de le croire, c'eſt qu'en depouillant les gens qui y jouent les plus grands rôles, des Airs qui nous en impoſent, il ne leur reſte rien du tout.

Par exemple ôtez Milord A. de l'Air de la Cour, tranſportez-le à l'Armée, à la Ville, à la Campagne & par tout où il vous plaira, ce ne ſera plus le même homme, & vous ſerez bien ſurpris en croiant trouver un Seigneur ou un Courtiſan délié, de ne trouver rien qu'un joueur, un balourd, ou un imbecille.

Otez Milord A. B. C. de l'Air de ſon Diocéſe, placez-le près d'une belle ou bien voyez-le à table, il n'eſt rien moins qu'un Prélat, il n'eſt plus qu'un agréable : cela prouve clairement que ſes bonnes qualités dependent uniquement de l'Air où il eſt placé; car ce même A. B. C. là eſt un Saint dans ſon Diocéſe.

Mais helas ! qui peut douter de l'utilité des Airs, après ce qu'on voit à Londres ? qui ne ſçait qu'un Air populaire fait ſouvent tout le mérite d'un Membre du Parlement ; & que le plus grand talent d'un habile Par-lementaire, c'eſt de ſçavoir accorder avec cet Air populaire une penſion de la Cour ? Il ne faut qu'un ruban rouge avec des cheveux en bourſe & un chapeau retappé, expoſés pen-dant deux ans à l'Air d'une garniſon, pour faire un bon Brigadier ou un Maréchal de Camp. Chacun ſçait qu'un fort bon Juge n'eſt ſouvent rien autre choſe qu'un Air ſombre & ſuffiſant ſous une perruque noire & une robe de même. Nous liſons dans Ciceron que cela ſe pratiquoit de ſon tems dans la Republique Romaine ; en parlant de Metellus qui étoit un grand Magiſtrat, *Metellus*, dit-il, *non homo, ſed littus atque aër & ſolitudo mera.* Nous voyons tous les jours à

Londres quantité de chofes femblables, qui prouvent bien clairement
l'utilité dont font les Airs dans une
Société. Voici, par exemple, encore
une expérience nouvelle que l'on vient
de faire à Paris, & qui mérite affûre-
ment l'attention des Curieux.

Prenez de l'Air des premieres lo-
ges de l'Opéra & de la Comédie,
laiffez-le évaporer au Cours ou aux
Thuilleries, ajoutez-y la nouvelle du
jour, une partie de quadrille, & un
pied de rouge, couvrez bien le tout
de douze aunes d'étoffe des deffeins
de l'année, & vous aurez une femme
de mife dans quelque pays que ce
foit.

L'on peut retirer bien d'autres uti-
lités de l'Air confidéré moralement
lorfque l'on fçait s'en fervir : il eft
vrai qu'il demande à être manié avec
dextérité, car il perd toute fa vertu,
pour peu qu'il foit déplacé. C'eft une
efpéce de Prothée qui change à chaque inftant de forme, & qui eft tantôt

lourd, tantôt léger, & souvent tous
les deux ensemble.

Rien n'est plus léger, par exemple,
qu'un corps pénétré de l'Air des habil-
lemens, & des Equipages ; à peine
touche-t-il à terre, il n'y a rien de si
pimpant ; & cependant le même Air
paroît souvent très-pesant à beaucoup
de pauvres Marchands.

Cet Air a beaucoup de rapport
avec l'Air à Bonne-fortune, & tous
les deux ressemblent si fort à l'Air de
la Fatuité, que bien des gens s'y mé-
prennent. Ils ont tous la proprieté de
rendre fort contens d'eux-mêmes les
jeunes gens qui s'y livrent ; mais ils ont
l'inconvénient de répandre avec le
tems une fadeur insupportable sur toutes leurs actions. C'est une chose incroyable que la malignité de cet Air
à Bonne-fortune lorsqu'on s'en retire
trop tard ; il métarphose souvent & la
forme extérieure , & le sexe même
des corps. Je l'ai vû changer en gué-
nons de fort jolis sapajoux qui avoient

des façons charmantes ; ils font aujourd'hui mal au cœur à force de
grimaces & de contorſions.

Ces Airs paroiſſent tous forts vifs ,
& s'attachent aux jeunes arbres, qu'ils
brûlent juſqu'à la racine ; d'où les Phi-
loſophes concluent que leurs parties
ſont imprégnées de pluſieurs particules ignées.

Mais je croirois volontiers que la
nature du feu leur eſt peu connuë. Il
s'en faut bien que cet Elément ſoit
auſſi léger qu'ils le diſent , puiſqu'il
eſt plus peſant que l'Air, ce qui eſt
aiſé à prouver par l'exemple de nos
jeunes gens , qui ayant preſque tous la
tête & les parties ſupérieures du corps
remplies d'Air , ont les parties infé-
rieures dans une agitation incroyable ,
& un mouvement perpétuel, qui prouvent qu'ils y ont du feu & pluſieurs
particules ignées ; car toutes leurs ca-
racolles proviennent uniquement de
la peſanteur de leur feu , qui tombe
de la tête aux pieds. L'on demande

fouvent pourquoi tel homme court en
tant d'endroits, pourquoi il s'agite fans
ceffe, & fe croit dans l'obligation
d'aller dans le même jour à quatre
fpectacles à la fois? En voilà la véritable raifon; & je puis dire fans vanité,
que les Habitans de ces lieux excelle-
roient à courir fur toutes les Nations
du monde, fans l'Air de la Bonne-
chere qui les rend à un certain âge un
peu pefans & engourdis.

Malgré cette incommodité, cet
Air de la Bonne-chere feroit généra-
ralement parlant celui dont on s'ac-
commoderoit le mieux, fans un mau-
dit Air de Bonne-compagnie qui en
empoifonne les charmes, en donnant
un dégoût mortel pour ce qui eft fimple & naturel : il donne même de
l'horreur pour les viandes un peu fo-
lides & les alimens fucculens.

Cet Air il y a quelques années étoit
affez peu recherché, mais depuis
qu'on s'eft avifé de le quinteffencier,
il eft venu fort à la mode, parce qu'on

s'eſt imaginé que lui ſeul formoit le bon goût. Mais l'on ne voit point ſur quoi cette prétention eſt fondée. C'eſt une abſurdité de dire , que le grand nombre juge bien & que le Bon-goût eſt fort rare. Car ſi le Bon-goût eſt fort rare , & que ce ſoit le partage d'un très-petit nombre de gens, le Mauvais-goût eſt donc commun , & ſera donc le partage du plus grand nombre de gens. Mais delà il réſultera que ce qui plaît à plus de gens , ce qui eſt ap-plaudi du grand nombre, eſt ſûrement de mauvais goût.

Cette conſéquence eſt fâcheuſe ; mais les gens de bonne compagnie n'y ont aucun égard, parce qu'ils ſont per-ſuadés qu'il y a beaucoup plus de ſots que de gens d'eſprit dans le monde , & qu'il n'appartient qu'aux derniers de juger ſainement des choſes ; d'où ils concluent avec raiſon , qu'ils ont ſeuls le droit d'aprécier les choſes à leur valeur, comme ayant tous ſeuls en partage le Bon-goût & beaucoup d'eſprit.

J'y donne les mains de bon cœur; je les prie feulement d'obferver que s'il eſt vrai comme ils difent, qu'il y ait beaucoup plus de fots que de gens d'efprit dans le monde, comme nous aimons tous nos femblables, un fot doit plaire à plus de gens & fe faire aimer davantage, qu'un homme qui a de l'efprit. Au furplus je dois convenir que l'Air de la Bonne-compagnie qui eſt aujourd'hui à la mode, a des proprietés fort étranges. Les gens qui çavent s'en fervir, accouchent fans concevoir, répondent fans écouter, & fçavent tout fans rien apprendre. Il leur arrive bien quelquefois de s'entendre fans fe parler; mais il arrive encore plus fouvent qu'ils parlent beaucoup fans s'entendre : & la polique eſt fort bonne; car outre qu'il eſt trivial de parler pour être entendu, l'expérience leur apprend qu'on ne les admire jamais que lorfqu'on ne les entend pas.

Je difféquai il y a quelques jours la

tête & le corps d'une Pie qui avoit
passé sa vie dans l'Air de la Bonne-
compagnie ; je fus extrêmement sur-
pris de lui trouver au lieu de cœur
une espéce de noix pourrie. Elle n'a-
voit point de cervelle, mais elle avoit
à la place un nombre infini de mou-
ches, qui regardées avec soin ressem-
bloient à des Eléphans.

Je garde encore par rareté la tête
d'une Linotte, qui n'a dans ses di-
mensions que six lignes de diamétre ;
mais elle est conformée de façon,
qu'elle renferme plus de Vents que
n'en pourroit contenir la salle de
Westminster.

Bien des gens n'en croiront rien,
parce qu'ils font persuadés que le con-
tenant doit être plus grand que le
contenu ; mais ils verront le contraire
parfaitement bien démontré dans les
Ecrits de nos Physiciens. Ils prouvent très - clairement que la tête
d'une Linotte étant un être fini,
peut néanmoins contenir un nombre

bre infini de parties divifibles à l'infini.

Le fait dont je parle ici peut encore donner aux Sçavans de grandes ouvertures pour découvrir l'origine des Vents. Il n'y a qu'à fuppofer que le Vent n'eft rien autre chofe qu'une grande quantité d'Airs renfermés dans une petite capacité, & cela lévera toutes les difficultés. Auffi voit-on tous les jours parmi ces machines à Vent deftinées au fervice du Public, que celles qui ont beaucoup d'Air & peu de capacité, vont bien plus vîte & font plus de chemin que les autres, comme étant plus fufceptibles des impreffions du Vent.

Pour rendre ceci plus fenfible, je crois qu'on me fçaura bon gré de faire une digreffion fur la nature des machines à Vent.

Tout le monde fçait qu'il y en a de deux fortes ; de naturelles & d'artificielles.

Les machines à Vent naturelles

B

font les divers animaux aufquels les Cartéfiens ont donné le nom d'Automates , fans ame , fans intelligence , & par conféquent fans raifon ; ils n'ont d'autre mouvement que celui qui leur eft tranfmis par les objets extérieurs & l'Air qui les environne ; parmi ces divers animaux il eft une efpéce de Singes que le vulgaire ignorant, en vertu de leurs fingeries , confond très mal-à-propos avec les êtres raifonnables ; car ces Automates là font conformés comme les autres , ayant les mêmes organes ; & doüés des mêmes fens , ils ont les mêmes appetits , & tous , les mêmes befoins. Ce qui les différencie doit être bien peu de chofe , puifqu'il y en a quantité qu'il eft abfolument impoffible de diftinguer des autres brutes : ceux-là toujours terre à terre fans foins & fans embarras , vivent au jour la journée. L'Air du monde le plus fimple, peut les mettre en mouvement , & leur condition feroit douce s'ils n'avoient

à redouter les injures des autres brutes.

Cette espéce est assez rare dans nos
climats, mais nous sçavons par les re-
lations des Voyageurs qu'il y en a un
grand nombre en Afrique, en Améri-
que, & dans tous les autres parties du
monde. En récompense nous avons
quantité de ces mêmes Automates,
qu'un Air simple & naturel ne peut
mettre en mouvement ; ils ont même
de l'horreur pour celui qui leur est
propre, & pour cet Air terre à terre
que la Providence sembloit avoir
destiné à leurs besoins & proportionné
à leur nature, & nous ignorons encore si cela leur est arrivé par un dé-
rangement d'organes ou par quelqu'autre accident.

Le dégout de ces Automates pour
ce qui est naturel ayant multiplié leurs
besoins à l'infini, leur industrie s'est
multipliée à proportion, & c'est à elle
qu'ils sont redevables de ce grand
nombre de machines à Vent artificiel-

les, qui leur tranfmettent les Airs qui les mettent en mouvement. Car la Nature liberale, en refufant aux Automates la raifon & l'intelligence, leur a fait part de cet inftinct qui les rend induftrieux pour pourvoir à leurs befoins & à leur confervation.

Parmi ces machines artificielles, celles qui bouffiffent le plus & donnent le plus de Vent, font auffi les plus eftimées. Les Trophées, les Arcs de triomphe, les Daïs, les Infcriptions, les Haches & les Faifceaux, les Maffes, les Manteaux d'hermines & les chofes femblables, font, pour ainfi dire, les machines du premier ordre, & celles dont l'impreffion eft la plus forte. C'eft quelque chofe d'inconcevable que la violence des Vents qui fortent de ces machines. Ils ont fouvent renverfé des Tours, des Châteaux, & des Villes; & l'on en a vû quelquefois bouleverfer tout un Royaume : un corps qui en eft pénétré, affronte les plus grands dan-

gers , & ne trouve rien d'impoſſi-
ble.

Je n'ai guéres vû dans mon pays
de ces Automates agitées par le Vent
des Arcs de triomphe , ou celui des
Inſcriptions ; mais j'en ai vû quantité
agitées par le Vent des Dais & celui
des Manteaux d'hermines , & c'eſt un
plaiſant ſpectacle que de voir l'agitation où ſont ces pauvres machines &
les piroüettes qu'elles font.

Les Vents dont je viens de parler
étant des Vents du premier ordre , ne
peuvent non plus convenir qu'aux
machines d'un certain rang ; car leur
violence eſt telle , qu'ils auroient bien-
tôt mis en poudre des machines frê-
les & communes , & des Automates
ordinaires. Mais ceux-ci y ont ſup-
pléé par l'invention d'une infinité
d'autres machines artificielles , qui ,
ſans donner autant de Vent que celles du premier ordre , en donnent de
toutes ſortes pour chaque état , pour
chaque rang , en un mot pour tous

les âges, les fexes, & les conditions;
& il n'y a pas lieu de craindre qu'il
vienne jamais à manquer, car ils ont
pouffé l'induftrie au point de faire du
Vent avec rien : ils en tirent d'un par-
chemin, d'un tabouret, d'un habit,
d'un ruban bleu, d'un ruban rouge,
fouvent même d'une cocarde ; & ce
qui eft incroyable, c'eft qu'ils ont
trouvé le fecret d'en tirer même de
leurs noms, & d'une combinaifon de
lettres qui ne forment jamais aucun
fens.

Parmi ces machines à Vent artificielles, je n'en connois point de plus
finguliére que celle qu'on appelle
un Livre. Quoique dans fon origine
cette machine fût très-propre à porter les Automates à vivre toujours
terre à terre, & qu'elle parût faite
exprès pour fervir à les garantir de
l'impétuofiré du Vent; par fucceffion
de tems, il s'eft trouvé que ces machines en donnent plus qu'aucun autre ;
elles ne fervent même aujourd'hui

qu'à tranſmettre aux ſiécles futurs l'ex-
cédent des Airs & du Vent dont re-
gorgent ordinairement les Ouvriers
qui les font.

Leur nombre eſt ſi prodigieux ,
& chacun d'eux a tant de Vent, que
s'ils s'accordoient enſemble & ſouf-
floient du même côté, ils bouleeuer-
ſeroient le monde. Car tout foible
qu'eſt un volume ; l'expérience nous
apprend qu'il y a tel de ces Livres qui
a porté la flâme & le fer à deux mille
lieuës au loin.

Nous en voyons tous les jours dont
le Vent ne va pas à moins qu'à réfor-
mer l'Univers, à changer l'ordre du
monde, à régler le cours des Planétes
& la forme de notre Globe. Heureuſe-
ment pour nous , nous en avons toujours d'autres, qui en donnant un Vent
contraire , leur tient lieu de correctif,
& par leur contrarieté entretiennent
l'harmonie & le ſalutaire équilibre qui
maintient le ciel & la terre dans l'état
où nous les voyons.

J'avouë que parmi ces machines il en est de si spécieuses, que l'on seroit tenté de croire quelqu'étincelle de raison & même de connoissance aux ouvriers qui les ont faites : mais ce seroit s'abuser ; leurs efforts n'ont jamais servi qu'à découvrir leur impuissance, & leurs contrariétés décele leur ignorance.

L'Automate peut bien sentir, mais il ne sçauroit connoître, & ce defaut de connoissance vient de l'infidélité & de l'imbecillité de ses sens, lesquels étant dépendans d'un petit nombre d'organes propres seulement à sentir l'action & l'impression des objets extérieurs, les rend aussi peu capables d'en connoître la nature & d'en voir la mécanique ; que l'est un aveugle-né de distinguer les couleurs.

Aussi le vrai & le faux couverts de la même enveloppe, n'offrent aux yeux de tout Automate qu'une seule & même nuance ; & toutes ces étincelles, dont on vante tant l'éclat, ne font rien que des bluettes enveloppées de fumée, fervant de jouët aux Vents, & fe perdant dans les Airs fans donner affés de clarté pour fervir à démêler le faux de la vérité.

Quoiqu'il en foit, c'eft un fpectacle digne d'admiration que de voir d'un lieu à l'écart le jeu de toutes ces machines. A les confiderer de loin, elles femblent des girouettes agitées par différents Vents; mais à les regarder de près, leur condition fait pitié. Elles font toûjours occupées à fe tracaffer, à fe nuire; elles fe heurtent, fe choquent & cherchent même à fe détruire jufqu'à ce qu'un inftant fatal leur faffe fentir leur néant en les reduifant en poudre.

Ce qu'il y a de plus facheux, c'eft qu'aucun de ces Automates, quelque foit le Vent qui le meut, ne paroît jamais content des conditions de fon Etre & qu'il en defire un autre. Mais ce qui eft incroyable, c'eft que ce

même Automate si mécontent de son
sort, s'estime plus qu'aucun autre, &
se croit sans difficulté l'arbitre & le
souverain de tous les autres animaux.

A l'égard de ce dernier point, il
ne faut pas lui faire un crime d'un
orgueil aussi déplacé. C'est le propre
de chaque animal de traiter d'insectes
& de monstres les animaux d'une autre espéce. Mais rien ne peut mieux
démontrer la différence infinie qu'il y
a de ces Automates, aux Etres doüés
de raison, que leur mécontentement,
Car le premier attribut d'un Etre vé-
ritablement raisonnable, c'est d'être
content de son sort & des conditions
de son Etre, tant par la nécessité où
est un Etre créé d'être au gré de son
Créateur; que par l'impossibilité d'être
jamais autre chose & de changer de
Nature.

J'insiste tout exprès là-dessus pour
prévenir la critique de quelque Philosophe malin, qui m'objectera peut-
être qu'il semble que je confonde les

machines à Vent dont je parle, avec
la Nature de l'homme.

Après ce que je viens de dire s'il
venoit à me demander fi je fuis affés
téméraire pour douter un feul inftant
fi l'homme eft doüé de raifon, je le
renverrois fans réponfe. C'eft une
queftion qu'on décide en fe confide-
rant foi-même, & il n'y a pas deux
avis là-deffus. Je m'en rapporte au
jugement de toutes les Nations du
monde, auffibien qu'aux Philofophes
de quelque fecte que ce foit : je n'en
excepte pas même les Lappons & les
Eoliftes, ils prennent le Vent pour
un Dieu & l'homme pour une flute,
& ils conviennent cependant que
l'homme eft doué de raifon & le feul
Etre connu qui ait de l'intelligence.

Comme beaucoup de gens igno-
rent ce que c'eft que les Eoliftes, &
que ce font des Philofophes qui ont
fur l'Air & fur le Vent un fyftême
fort fingulier, j'en dirai deux mots en
paffant, d'autant plus que leur hypo-

thefe eft fort peu connuë des Sçavans.

Il eft bon de fçavoir d'abord que
les Eoliftes font en Lapponie, ce
que les Brachmannes font aux Indes,
les Gymnofophiftes en Egypte, les
Cartéfiens à Paris, & les Newtoniens
à Londres. L'on peut juger de-là
qu'ils y font en fort grande confidé-
ration, & l'on ne fçauroit douter de
leur application aux fciences, puifqu'encore tout *noviffimè* c'eft chez
eux que l'on a trouvé la vraie figure
de la Terre.

Ces gens-là adorent le Vent, parce qu'ils le confiderent comme le
premier moteur, & le principe du
mouvement de tous les Etres fublu-
naires. Ils difent donc que le Vent eft
cette force motrice qui met l'Air en
mouvement & que l'Air mis en mouvement, s'infinuë, fe gliffe, & péné-
tre jufqu'aux parties les plus fubtiles
& les plus intimes des corps.

Ils prétendent en fecond lieu que

les particules de l'Air mis en mouvement par le Vent, à la rencontre
d'un corps, perdent autant de mouvement qu'elles en communiquent à
ce corps, & c'est à ce mouvement
transmis par les parties de l'Air aux
parties de la matiere, qu'ils attribuent
les changemens que nous voyons
dans l'univers.

Comme chaque partie de l'Air a
un mouvement différent selon sa forme, sa grandeur, & selon l'impression
du Vent, chaque partie de la matiere est aussi muë diversement; & c'est
cette diversité qui constituë selon eux
cette différence infinie que l'on remarque dans les corps. C'est ce mouvement différent qui est l'unique principe & la cause efficience de la flui-
dité des uns, de la solidité des autres,
de la végétation des Plantes, de la
vie des Animaux, &c.

Jusques-là l'hypothese des Eolistes
ressemble assés à celle de plusieurs de
nos Philosophes, mais ils ont sur l'ame

de l'homme des idées fort différentes : car ils conçoivent la pensée
comme n'étant rien autre chose que
de l'Air poussé par le Vent. Sur ce
qu'ils ont observé qu'ils ne pouvoient
exister, ni vivre, ni respirer sans l'Air
qui les environne, ils en ont conclu
d'abord que l'Air étoit nécessaire à
tous les Êtres pensants, & qu'il étoit
impossible de pouvoir penser sans Air.

Remarquons en second lieu que
les qualités de l'Air où ils se trou-
voient placés avoient beaucoup d'in-
fluence sur leurs façons de penser ;
que dans un Air trop épais ou dans
un Air trop subtil, dans un Air trop
condensé ou bien trop rarefié, l'homme le mieux disposé avoit d'abord
des vertiges & cessoit en peu de tems
de penser absolument. Ils se sont ima-
ginés que les pensées de notre ame
sont un jeu, une action de l'Air sur
les organes du corps & sur les fibres
du cerveau.

Ils comparent nos idées aux traces

que fait un Zephir fur la furface de
l'eau dans un tems calme & ferain;
& ils veulent que l'Air en paffant faffe
de femblables traces fur la furface in-
térieure du cerveau, dont le tiffu felon eux, eft une fubftance molle qui
fe peut plier en tout fens & qui eft
par conféquent fufceptible de la moindre impreffion de l'Air. Or chaque
pli, chaque trace que font les parties
de l'Air en paffant fur ce tiffu qui ta-
piffe le cerveau, eft felon eux une
idée; & cette rapidité avec laquelle
elles fe fuccedent les unes aux autres, doit toûjours être en raifon de
la mobilité de l'Air.

Ils prétendent donc que la penfée
eft à l'homme ce que le fon eft à une
flute. Comme ce fon eft dépendant
de la quantité de Vent, de la qualité
de l'Air & de la difpofition des trous
qui donnent paffage à l'Air, ils en difent autant de l'homme, & prétendent que fes penfées dépendent abfolument du jeu de l'action de l'Air fur

l'intérieur du cerveau, & de là difpofition des organes qui donnent paffage à cet Air. Car ils regardent nos
organes comme des tuyaux, des canaux, par où l'Air extérieur eft tranfmis dans le cerveau. Quand ces canaux font trop larges, trop grands &
trop évafés, alors l'Air extérieur entrant en trop grande abondance, il
heurte avec violence l'intérieur du
cerveau, il y fait des traces profon-
des, mais en beaucoup trop grand
nombre & en trop d'endroits à la fois;
d'où naiffent des idées vives mais en
même-tems fort confufes : & c'eft ainfi
felon eux, que fe forment les Menia-
ques, les Foux, & les Vifionnaires.

Au contraire quand ces canaux,
par un vice de conformation, ou par
quelqu'autre accident, fe trouvent
trop retrecis & prefqu'entierement
fermés, alors l'Air extérieur ne pou-
vant y entrer qu'à peine & en petite
quantité, ne forme prefque pas de traces, & par conféquent peu d'idées;
&

& voilà le cas, felon eux, où fe trouvent les enfans, les ftupides, & les
imbécilles.

Mais lorfque ces mêmes canaux
font en jufte proportion avec l'Air
qui les environne, les particules de
l'Air entrant alors librement & en
quantité fuffifante, paffent au travers
du cerveau fans nulle confufion, &
produifent des idées fimples & qui
ont de la liaifon.

Je n'en dirai pas davantage; de
pareilles abfurdités fe refutent affés
d'elles-mêmes, & ce feroit perdre
fon tems que de s'amufer à prouver
que l'homme n'eft pas une flute. Je
reviens donc à mon fujet, & j'avouë
qu'en parlant ci-deffus des Airs qui
ont cours dans le monde, j'aurois dû
en bon Philofophe remonter à leur
origine & en examiner la fource.
Mais je n'ai pas cru devoir fatiguer
le public par un fyftême métaphifi-
que fur la Nature des Airs; d'autant
plus qu'il pourroit bien être que tous

C

ces Airs vinssent de rien, & qu'ils n'aboutissent à rien, malgré l'Axiome qui dit que de rien il ne se fait rien.

Je ne rechercherai donc pas si un Air se crée lui-même, ni si les Airs sont des substances, ou bien s'ils sont des accidens. C'est à nos Métaphisiciens à décider la question ; j'ai seulement observé que moins un Air est fondé, & moins il a de raison pour exister, plus sa fortune est durable & plus il a cours dans le monde : semblable en cela à nos auteurs modernes qui ne sont jamais si prolixes, que lorsqu'ils traitent un sujet qu'ils n'entendent pas, ou qui est inintelligible par lui-même.

Je serois donc porté à croire que les Airs les plus merveilleux ont tous le Néant pour leur cause, si je n'étois retenu par l'autorité de Confucius qui veut que tous les Airs du monde soient enfans de la vanité & Peres du Ridicule. Or il est bon de sçavoir qu'il entend par Ridicule ce qui passe

chez noùs pour fage & pour bien-
féant; par la même raifon apparem-
ment que nous traitons de Barbare
& de Ridicule ce qui eft étranger à
nos mœurs & à nos ufages. Ce que
je remarque tout exprès pour lever
les fcrupules de certains lecteurs toûjours prêts à fe fâcher lorfqu'on dit
qu'ils font Ridicules, & qui ne font
pas attention que ce mot n'eft rien
autre chofe qu'un terme relatif qui fe
peut prendre en fort bonne part, &
dont la fignification varie fuivant les
lieux & les pays.

Le Ridicule eft de ces chofes qui
infpirent de la frayeur tant qu'on n'en
connoît pas la Nature, & qui ceffent
d'être effrayantes auffitôt qu'elles font
connuës.

C'eft donc un fervice à rendre à
quantité d'honnêtes gens que de les
guérir de la peur qu'ils auroient d'être
Ridicules, puifque quelque chofe
qu'ils faffent, quelque parti qu'ils em-
braffent, ils ne peuvent éviter de l'être.

C'eſt un attribut attaché à la condition humaine, du plus grand juſqu'au
plus petit, c'eſt un tribut qu'il faut
payer ; & malheureuſement pour nous
cette vérité eſt du nombre de celles
qui ſe démontrent, & qui ne perſua-
dent point.

Cette idée paroîtra bizarre & même fort impertinente à quantité de nos
Meſſieurs, leſquels rapportant tout à
eux-mêmes, ne trouvent de Ridicule
que ce qui repugne le plus à leurs
mœurs, à leurs uſages, & à leurs façons de penſer ; ſans ſonger que les
autres hommes jouiſſent du même
droit qu'eux.

Mais je les ſupplie de faire attention que l'eſſence du Ridicule con-
ſiſtant à agir & à penſer différemment
des autres, tout le monde eſt donc
Ridicule, puiſque chacun agit & pen-
ſe très-différemment des autres ; &
qu'il ne ſeroit pas poſſible dans quelque ſocieté que ce ſoit de trouver ſeu-
lement deux hommes dont les actions,

les penfées, les manieres & les habitudes fuffent entierement femblables.

Tout le monde a lû les Ouvrages de deux illuftres Anglois, J'AI-RAISON & MOI-AUSSI, l'un Wigt, & l'autre Torris.

Le premier étoit uu Docteur de l'Univerfité d'Oxford qui démontroit Mathématiquement qu'un homme eft cenfé Ridicule dans le fens le plus rigoureux comme le plus étendu, lorfqu'il penfe ou lorfqu'il agit différemment des autres hommes; d'où il conclud que tout homme qui n'eft pas comme tout le monde & qui penfe différemment des autres, eft néceffairement Ridicule.

MOI-AUSSI lui repliqua, & fit voir à J'AI-RAISON qu'il eft impoffible à un homme dans quelque focieté que ce foit d'être comme tout le monde, & de penfer comme tous les autres, vû la différence des goûts & le peu d'uniformité qu'il y a dans les opinions & les jugemens des hommes. Mais

que conclure de-là, sinon qu'il est impossible d'éviter d'être Ridicule.

En effet il semble que les Ridicules soient aux gens du monde ce que
les opinions sont aux Philosophes.
Chaque Philosophe à la sienne qu'il
regarde comme la plus saine & la
plus raisonnable de toutes ; ce qui le
porte à regarder les opinions contraires à la sienne comme absurdes & dé-
raisonnables. Cela n'empêche pour-
tant pas les Philosophes des autres se-
ctes (lesquels réunis ensemble forment
le plus grand nombre) de regarder
son opinion comme absurde & insou-
tenable.

Il en est de même des Ridicules :
chaque peuple a ses usages qu'il regarde comme très-conformes à la droite
raison & au sens commun ; ce qui le
porte à regarder les usages contraires
aux siens, comme des choses ridicules & peu conformes au sens commun. Et tous les peuples du monde
en pensent autant sur leur compte.

Or il faut bien remarquer que le jugement de quelque Nation que ce foit ne peut point équivaler celui de toutes les autres : car qu'eſt-ce qu'une Nation en comparaiſon des autres ? Cela peut nous faire entendre combien il eſt difficile de n'être pas Ridicule. Epouſez les préjugés, les manieres & les uſages du pays où vous êtes né, vous paroîtrez Ridicule aux gens des autres pays (c'eſt-à-dire au plus grand nombre;) & ne les épouſez pas, vous paroîtrez Ridicule dans votre propre pays.

Quand on refléchit férieuſement ſur cette variété des opinions humaines, & ſur le penchant naturel qui porte tous les peuples & toutes les Nations du monde à ſe trouver tacitement, ſi ce n'eſt tout ouvertement Ridicules & déraiſonnables, l'on eſt bien tenté de croire que le Ridicule eſt propre & eſſentiel aux hommes. Sans cela verroit-on chez eux cette diverſité de loix, & cette multipli-

C iv

cité de cultes, de mœurs & d'usages
différents, & contradictoires. Ils ne
s'accordent sur rien excepté sur un
seul point qui consiste à se trouver
reciproquement Ridicules, tant dans
le choix de leurs cultes, que dans
celui de leurs mœurs, de leurs loix,
de leurs usages & de leurs gouverne-
mens.

Il me semble que les Philosophes
ne font pas assés d'attention à cet accord de tous les hommes sur un seul
& unique point, & à leur discordance
sur tous les autres. Car si la vérité n'est
qu'une, si l'approbation générale des
hommes est un signe certain de la vérité des choses, il s'ensuit que l'espéce
humaine est parfaitement Ridicule, &
que c'est la seule chose qui soit certaine & bien fondée, puisque c'est
la seule chose sur laquelle ils soient
tous d'accord.

A Dieu ne plaise que j'aille conclure de-là que l'homme n'est pas raisonnable, bien loin de supposer qu'il

ÿ a de l'incompatibilité entre ce qui
eſt raiſonnable & ce qui eſt Ridicule,
l'on pourroit prouver au contraire,
que ces deux expreſſions qu'on ſuppoſe contradictoires, ſont parfaitement
ſynonimes : & cela n'eſt pas difficile
en ſuppoſant, comme l'expérience
nous force de le faire, que ce qui
nous paroît Ridicule, paroît fort raiſonnable ailleurs. Car ſi ce qui eſt Ridicule peut paroître raiſonnable ; & ſi
ce qui eſt raiſonnable peut paroître
Ridicule, il s'enſuit que la même choſe paroît l'un auſſi-bien que l'autre, &
n'eſt pas plus l'un que l'autre ; d'où il
ſuit néceſſairement que ces deux expreſſions, qu'on ſuppoſe incompati-
bles, convenant à la même choſe,
n'expriment qu'une ſeule choſe, &
ſont par conſéquent ſynonimes.

Ce ſont deux dénominations que
l'on donne à la même choſe ; mais
comme les différentes dénominations
que l'on donne à une choſe, n'en
changent pas la Nature, il s'enſuit que

la même chofe ayant deux dénominations, & ces deux dénominations n'exprimant qu'une feule chofe, ces deux dénominations font par conféquent fynonimes.

Mais quand même on fuppoferoit que ce qui eft raifonnable & ce qui eft Ridicule font deux chofes bien différentes, il eft au moins bien certain qu'un même homme paroît l'un & l'autre felon les divers points de vûe & les différens pays où l'on jugera de lui.

Que m'importe, dira un Anglois, fi je fuis Ridicule aux Indes où je n'irai de ma vie, & fi je ne le fuis pas à Londres aux yeux de mes compatriotes? L'on n'eft jamais Ridicule que lorfque l'on paroît tel dans le pays où l'on eft, & aux gens avec qui on vit.

Cette objection eft fpécieufe, mais elle n'eft pas fort folide. C'eft fuppofer en premier lieu, que le pays où nous vivons eft à l'abri du Ridicule.

Or c'eſt ce qui eſt en queſtion & fort conteſté par les autres. En ſecond lieu, c'eſt ſuppoſer que l'on n'eſt jamais Ridicule que lorſque l'on paroît tel aux perſonnes avec qui on vit : mais cela même eſt Ridicule, puiſque c'eſt établir pour juges de ce qui eſt en queſtion des gens qui penſent comme nous. Or ces gens-là peuvent très-bien, même dans le pays où nous vivons paſſer pour gens fort Ridicules.

Mais voici la vraie ſolution de l'objeⁿion ci-deſſus : c'eſt que les Particuliers ſont entre eux ce que les Nations ſont entre elles ; ce qui arrive dans le monde d'une Nation à une autre, arrive dans chaque ſocieté d'un Particulier à un autre. Les Indiens & les Chinois ne ſont pas plus Ridicules aux yeux des Européens, que les Quakers aux yeux d'un Miniſtre, & les Miniſtres à ceux d'un Quaker : le Reclus rit d'un Courtiſan & le Courtiſan du Reclus ; le Wigt se moque du Torris , le Torris se moque du Wigt, & ainsi des autres.

Or puisque l'on est Ridicule dans une société , lorsqu'on pense ou lorsqu'on agit différemment des autres membres de cette société , je conclus qu'il n'y a point d'homme dans quelque société que ce soit , qui ne paroisse ridicule aux yeux de quantité de gens qui ne pensent pas comme lui, parce qu'il n'est pas possible au même homme dans quelque société que ce soit , de penser comme tous les membres de cette société.

Pour rendre cela sensible & bien entendre la question , il faut toujours distinguer trois sortes de Ridicule : le *Général*, le *Nationnal* , & le *Personel*.

Le premier qu'on peut regarder comme un attribut attaché à la condition humaine, consiste dans la vanité, qui porte les hommes à supposer qu'ils sont des Etres raisonnables , malgré les preuves du contraire qui résultent

de leurs débats fur ce qui eft raifonnable, & fur ce qui ne l'eft pas. Ce
qui prouve très-clairement qu'ils igno-
rent abfolument ce que c'eft que cette
Raifon qu'ils croyent avoir en partage. Cette bonne opinion d'eux-mêmes
fait qu'ils prennent leur jugement
pour une régle certaine de la vérité
des chofes ; de-là naît cette confiance
avec laquelle ils décident de la Nature des chofes qui leur font incom-
préhenfibles ; & de-là par concomi-
tance, leur fingulier entêtement pour
des opinions différentes & fouvent
contradictoires, ce qui fait qu'ils fe
trouvent tous du plus au moins Ridicules, felon le plus ou le moins de
rapport que ces opinions ont entre-
elles.

Les Ridicules *Nationaux* dérivent
du même principe, & confiftent dans
l'opinion que chacun a de fon mérite,
de la fageffe de fes Loix, de la bonté
de fes ufages, de la fupériorité de fes
Troupes, &c. Il n'y a point de Na-

tion un peu puiffante & nombreufe
qui ne croye avoir en partage la raifon
& la vérité : d'où il eft aifé de conclure que les autres font dans l'erreur.

Enfin les Ridicules *Perfonels* font
un mêlange des deux autres, & naiffent de la différence du goût, des
façons de penfer, des maniéres & des
préjugés que l'on remarque dans les
membres d'une même fociété. C'eft
cette diverfité fecondée de notre
amour propre, qui porte chacun de
nous à juger très-diverfement des
qualités de nos confreres, & à les
trouver Ridicules dès qu'elles ne s'accordent pas avec notre façon de penfer.

Il eft aifé de remarquer que de ces
trois Ridicules, le dernier eft le plus
fenfible, le fecond eft prefqu'infen-
fible ; & l'on ne peut fentir le premier
que par un retour fur foi-même & par
la réfléxion.

Après cela je demande comment

pourroit faire un pauvre homme pour
ne pas fubir une Loi qui condamne
tous les humains à payer le même tribut , & à avoir pour le moins trois
Ridicules pour un.

Je dois ici rendre juftice aux beaux
efprits de ma Nation. En regardant
le Ridicule comme une efpéce de
tribut, ils font de tous les mortels les
plus exacts au payement ; car ils con-
damnent fans quartier tout ce qui ne
s'accorde pas avec leur façon de penfer. Ils tiennent par beaucoup d'endroits, toujours fans s'en appercevoir,
aux préjugés de leurs pays ; enfin ils
font de tous les hommes les plus dé-
cififs, les plus vains ; & non contens,
comme les autres , d'être Ridicules
par Nature, ils le font encore avec
art.

Il me femble déja les entendre dire
avec un Air dédaigneux : Eh , à quoi
bon tout ce verbiage , pour prouver
en tant de façons que nous fommes
tous Ridicules ? Où cela peut-il nous

mener ? Quand cela feroit véritable ,
c'eft une vérité odieufe qu'il faudroit ,
s'il étoit poffible , cacher à la fociété.

Mais je les prie d'obferver que le
premier pas à faire pour rendre juftice
aux autres, c'eft de fe la rendre à foi-
même.

Tant qu'un homme fuppofera qu'il
a la raifon en partage, la conféquence
néceffaire de cette fuppofition eft de
donner le tort à ceux qui ne penfent
pas comme lui. De-là naiffent les difputes , les animofités , les quérelles
qui défolent le genre humain depuis
un tems infini.

Je me fuis donc imaginé que la
perfuafion du contraire auroit un effet
tout contraire ; & qu'un homme bien
convaincu qu'il eft un Etre Ridicule ,
en deviendroit plus traitable fur les
Ridicules des autres ; qu'il en feroit
bien plus modefte , moins hardi dans
fes Jugemens ; & que fentant par lui-
même le befoin qu'il a d'indulgence ,
il en accorderoit aux autres.

Je

Je fuis encore perfuadé que cette indulgence mutuelle, banniffant des fociétés toutes les difputes de mots & les altercations qui régnent parmi les hommes, pour chercher inutilement qui a tort ou qui a raifon, rétabliroit parmi eux la concorde & l'union fi néceffaire à leur bonheur.

. Et comme depuis tant de fiécles les hommes n'ont encore pû parvenir à fe rendre heureux en fe croyant raifonnables, j'ai imaginé que peut-être ils pourroient y parvenir en fe croyant moins raifonnables, & même un peu Ridicules. Si je me fuis trompé, comme cela peut fort bien être, j'efpére que les Bons-efprits excuferont mon erreur en faveur de l'intention.

FIN.

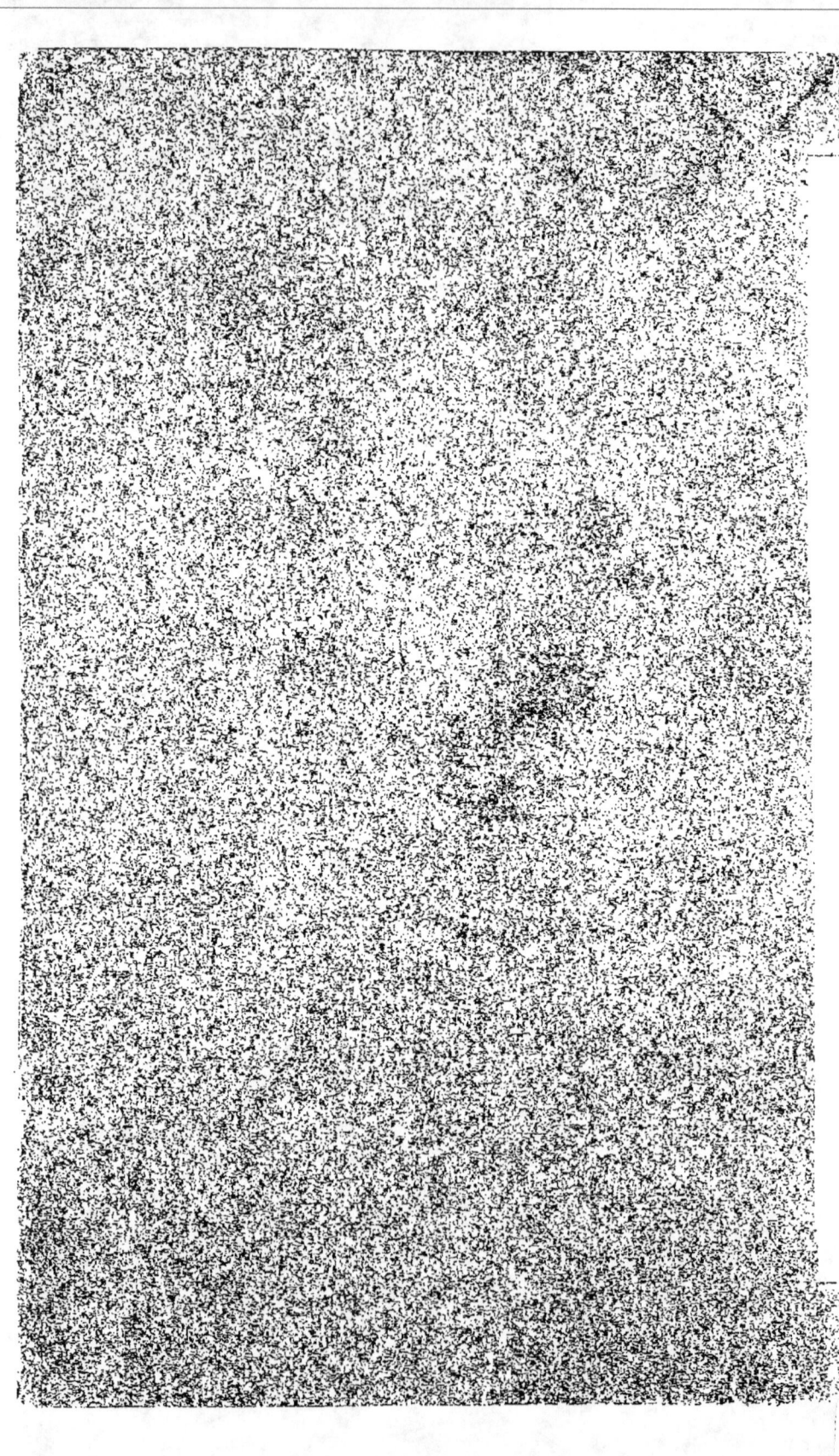

www.ingramcontent.com/pod-product-compliance
Lightning Source LLC
Chambersburg PA
CBHW061656180626
46818CB00003B/1127